AF454940

1867. 22. Decembre

COLLECTION DE MME DE ***

BELLES ET IMPORTANTES

AQUARELLES

ANGLAISES, FRANÇAISES ET FLAMANDES

EXPOSITION PUBLIQUE

pendant deux jours

Les Dimanche 22 *et Lundi* 23 *Décembre* 1867

—

VENTE

Le Mardi 24 *Décembre* 1867

à deux heures précises.

Mᵉ CHARLES PILLET,
COMMISSAIRE-PRISEUR
11, rue de Choiseul

M. FRANCIS PETIT,
EXPERT
7, rue Saint-Georges

1867

CATALOGUE

DES BELLES & IMPORTANTES

AQUARELLES

Anglaises, Françaises et Flamandes

*Qui composaient la Collection de Mme de****

DONT LA VENTE AURA LIEU

HOTEL DROUOT, Salle N° 8

Le Mardi 24 Décembre 1867

A DEUX HEURES PRÉCISES

Me **Charles PILLET**, Commissaire-Priseur, 11, rue de Choiseul,

M. **Francis PETIT**, Expert, 7, rue Saint-Georges.

Chez lesquels se trouve le présent Catalogue

EXPOSITION PUBLIQUE

PENDANT DEUX JOURS

Les Dimanche 22 et Lundi 23 Décembre 1867, de une heure à cinq heures.

CONDITIONS DE LA VENTE

Elle sera faite au comptant.

Les adjudicataires payeront *cinq pour cent* en sus des enchères.

---

996. — Paris. Imp. de PILLET fils aîné, rue des Grands-Augustins, 5.

DÉSIGNATION

BAZIN

1 — Épisode de la journée de Waterloo.

Aquarelle.

BELLANGÉ (H.)

2 — Un galant Lancier.

Aquarelle.

BERCHÈRE

3 — Vue de Balbeck.

Une caravane est arrêtée près d'une colonnade en ruines.

Aquarelle capitale.

BERCHÈRE

4 — Vue de Balbeck.

Berger faisant paître ses moutons près des ruines du temple.

Aquarelle capitale.

BOSBOOM

5 — Intérieur d'une église protestante.

Sépia.

BOSBOOM

6 — Intérieur d'une église pendant la prière.

Sépia.

BOYS

7 — Vue extérieure d'une cathédrale.

Aquarelle.

BROWNE (Henriette)

8 — Frère et Sœur.

Une jeune fille travaille et surveille son frère qui fait ses premiers pas dans une promeneuse.

Sanguine.

BURGERS

9 — La Lecture de la gazette.

Aquarelle.

CATTERMOLE

10 — Don Juan et Haydé.

Aquarelle capitale.

CHABRY

11 — Le Chemin du village.

Aquarelle.

CHAPLIN

12 — Jeune Fille faisant des bulles de savon.

Aquarelle.

CHARLET

13 — Le Bulletin de la bataille.

Aquarelle.

CHAVET

14 — Jeune Peintre regardant une esquisse qu'il vient de faire.

Aquarelle.

CLAYS

15 — Barque de pilote en mer.

Aquarelle.

CÉSAR DELL' AQUA

16 — Musiciens ambulants.

Aquarelle.

L. DAVID

17 — Le Général Kléber à la bataille des Pyramides.

Aquarelle.

DECAMPS

18 — Joueur de vielle.

Un jeune savoyard joue de la vielle à la porte d'un cabaret ; près de lui est une petite fille qui l'écoute attentivement ; un chien boule-dogue le menace en grondant. Plus loin, sous une tonnelle, des buveurs attablés.

Aquarelle.

A. DEDREUX

19 — Chevaux en promenade.

Dessin rehaussé.

DILLENS

20 — Deux Patineurs zélandais.

Aquarelle.

DILLENS

21 — Épisode du siége de Leyden.

Aquarelle.

DARCY

22 — Un Cabaret en Bretagne.

Aquarelle.

GALLAIT

23 — La Demande en mariage refusée.

Aquarelle.

GAVARNI

24 — Un Flambard.

Aquarelle.

GIRARDON

25 — Environs de Rosette.

Aquarelle.

GIRARDON

26 — Plage de Provence.

Aquarelle.

GOODALL

27 — Moissonneuse et ses enfants.

Aquarelle capitale.

DE GROUX

28 — Jeune Mère faisant prier son enfant.

Dessin.

DE GROUX

29 — L'Aumône au sortir de l'église.

Dessin.

HAMMAN

30 — A Venise.

Une jeune femme vêtue de blanc est à demi couchée sur des coussins, tenant une lettre à la main.

Aquarelle.

HARDING

31 — Le Ruisseau.

Aquarelle capitale.

J.-D. HARDING

32 — Le Château de Windsor.

Aquarelle.

HEILBUTH

33 — Rencontre de cardinaux sur le Monte-Pincio à Rome.

Aquarelle.

*

HEILBUTH

34 — Cardinal montant en voiture.

Aquarelle.

HILVERDINCK

35 — Soleil couchant sur la mer.

Aquarelle.

HOPPENBROWERS

36 — Paysage d'hiver. Bourrasque par un temps de neige.

Aquarelle.

HUARD

37 — Le Billet doux.

Aquarelle.

HUNT

38 — Petit Pêcheur au bord de la mer.

Aquarelle.

ISRAELS

39 — La Veillée du mort.

Scène hollandaise.

Sépia.

ISRAELS

40 — Les Orphelins.

Intérieur hollandais.

Sépia.

JEANRON

41 — Saint Jérôme en méditation.

Aquarelle.

DE JONGHE

42 — Le Pèlerinage à la Madone.

Aquarelle.

KOBELL

43 — Étude de vache couchée.

Sépia.

KOBELL

44 — Étude de vache couchée.

Sépia.

LABOUCHÈRE

45 — Prière après la lecture de la Bible.

Aquarelle.

LEYS

46 — Cour de ferme en Hollande.

Au milieu du mouvement de la ferme, deux gentilshommes boivent avec la servante; une vieille femme assise surveille un enfant qui mange sa soupe.

Aquarelle capitale.

MADOU

47 — Paysans ébahis.

Scène hollandaise.

Aquarelle.

MADOU

48 — L'Enfant de l'aubergiste.

L'auberge est pleine de soldats et de paysans, les uns attablés, les autres debout et causant. Leur attention est attirée par l'aubergiste qui fait sauter son enfant dans ses bras pendant que la mère prépare le berceau.

Dessin.

MADOU

49 — Le Jaloux.

Dans une salle d'auberge de bonne apparence un gentilhomme s'approche pour causer avec une jeune femme; derrière elle, un paysan assis prête l'oreille; d'autres paysans attablés causent ou boivent.

Dessin.

MADOU

50 — Deux Buveurs causant dans une auberge.

Sépia.

MARTINUS

51 — Gorge dans la forêt de Fontainebleau.

Dessin.

MESSONIER

52 — Sentinelle avancée.

Aquarelle.

VAN MOER

53 — Place de la Basse-Ville, à Pau.

Aquarelle.

MOLLINGER

54 — Prairie avec des animaux. Effet après la pluie.

Aquarelle.

NASCH

55 — Sujet tiré de Shakespeare.

Aquarelle capitale.

OMMEGANCK

56 — Mouton couché dans la prairie aux approches de l'orage.

Aquarelle.

PASINI

57 — Fantasia de cavaliers arabes.

Aquarelle.

PASINI

58 — Arabes chasseurs au faucon.

Aquarelle.

PASINI

59 — Caravane au repos.

Aquarelle.

ROBERTS (David)

60 — Alcala el Guadaiva.

Aquarelle.

ROBERTS (David)

61 — Cour du Palais de l'Alhambra.

Aquarelle.

ROQUEPLAN

62 — Barques en mer par un grain.

Aquarelle.

ARY SCHEFFER

63 — Sujet tiré d'Ivanhoë.

Aquarelle.

ARY SCHEFFER

64 — Vieillard et sa Fille contemplant la mer.

Aquarelle.

ARY SCHEFFER

65 — Promesses d'amour.

Aquarelle.

SCHELFOUT

66 — Paysage. Grands arbres bordant une plaine.

Sépia.

SCHELFOUT

67 — Marine.

Sépia.

SIDNEY COOPER

68 — Vaches dans un pâturage.

Aquarelle.

SIMONEAU

69 — Moulin hollandais.

Aquarelle.

STANFIELD

70 — Ruines d'un temple en Grèce.

Sépia

THOM

71 — Petite Fille jouant avec un chat.

Aquarelle.

TEN KATE (HERMAN)

72 — Le banquet des fiançailles.

Aquarelle capitale.

TEN KATE (HERMAN)

73 — Peintre dessinant dans une auberge.

Aquarelle.

TEN KATE (HERMAN)

74 — Reîtres surpris dans une auberge.

Aquarelle.

TEN KATE (HERMAN)

75 — Paysans et soldats attablés dans un cabaret.

Aquarelle.

TEN KATE (HERMAN)

76 — Marché aux poissons sur la plage de Scheveningue.

Aquarelle.

TEN KATE (Marie)

77 — Enfants s'abritant sous une porte par un temps de pluie.

Aquarelle capitale.

TEN KATE (Marie)

78 — Petite fille défendant ses fleurs qu'une chèvre veut manger.

Aquarelle.

TRAYER

79 — La Robe de soirée.

Aquarelle.

TRAYER

80 — Jeune Fille cousant.

Aquarelle.

YVON

81 — Paysans russes.

Dessin.

www.ingramcontent.com/pod-product-compliance
Ingram Content Group UK Ltd.
Pitfield, Milton Keynes, MK11 3LW, UK
UKHW021044260726
13994UKWH00005B/2341

9 782329 432946